pinyin haocihaoju duben

拼音好词好句读本

动物篇

dongwupian

储 竞 编著
张宏余 插图

上海古籍出版社

图书在版编目(CIP)数据

拼音好词好句读本.动物篇/储竞编著;张宏余插图.
上海:上海古籍出版社,2003.1
ISBN 7-5325-3325-5

Ⅰ.拼⋯　Ⅱ.①储⋯②张⋯　Ⅲ.汉语拼音—儿童
读物　Ⅳ.H125.4

中国版本图书馆 CIP 数据核字(2002)第 084479 号

拼音好词好句读本

动物篇

储　竞　编著

张宏余　插图

上海古籍出版社出版、发行

(上海瑞金二路 272 号　邮政编码 200020)

(1) 网址:www.guji.com.cn

(2) E-mail:guji1@guji.com.cn

新华书店上海发行所发行经销　　上海交通大学印刷厂印刷

开本 889×1194　1/24　印张 3$\frac{16}{24}$　字数 60,000

2003 年 1 月第 1 版　2003 年 1 月第 1 次印刷

印数:1—6,000

ISBN 7-5325-3325-5

G·277　定价:8.50 元

如有质量问题,请与承印厂联系 54742915

这是一套专为少年儿童积累语文知识、训练表达能力而编纂的拼音好词好句读本。

儿童时期记忆力好，模仿性强，正是学习语言的黄金时段，好词好句可以丰富和优化少年儿童的语言库存。二千多年前的孔子启蒙他的儿子读诗，说可以"多识于鸟兽草木之名"。诗圣杜甫则说："为人性僻耽佳句"，"清词丽句必为邻。"好词好句不但练就了先贤圣哲挥洒自如的表达能力，也熏陶了他们闪光的智慧和高尚的情操。

本丛书由长期从事小学语文教学的资深教研员编纂，按日月星空、风云雨雪、春夏秋冬、花卉草木、飞禽走兽、山河湖海等分类，辑成《天象篇》、《四季篇》、《植物篇》、《动物篇》、《山水篇》五种。每种精选好词约四百、好句约二百。好词好句注上拼音，配以插图，再设计浅易的小练习，便于小读者自学自练。

万丈高楼平地起。但愿小朋友们从掌握基本的好词好句着手，不断积累和丰富自己的学识，训练和提高自己的表达能力，努力攀登语文学习的新高峰。

目 录

布谷鸟

qīng	cuì			
清	脆			
tí	míng			
啼	鸣			
jiāo	xiǎo			
娇	小			
yī	shēng shēng			
一	声 声			

好句

liǎng biān shān mù hé　zhōng rì
两 边 山 木 合， 终 日

zǐ guī tí
子 规 蹄。

〔注〕子规：杜鹃鸟，也叫布谷鸟。

——唐·杜甫《子规》

zǐ guī jiě quàn chūn guī qù　chūn
子 规 解 劝 春 归 去，春

yì wú xīn zhù
亦 无 心 住。

——元·刘天迪《虞美人·春残念远》

小 练 习

找出句子中的两对反义词：

大巴山的布谷鸟叫起来："布谷、布谷，"声音有长有短，有高有低，就像小姑娘唱山歌一样，清亮悦耳。

1.（ ）——（ ）

2.（ ）——（ ）

1

白鹭

xuě 雪	yǔ 羽
shè 涉	shuǐ 水

yòu	cháng	yòu	xì
又	长	又	细

yì	zú	quán	lì
一	足	拳	立

好句

小练习

把可以搭配的词语用线连起来：

细细的　　　　脖子
长长的　　　　嘴
尖尖的　　　　腿

wàn qǐng hú shuǐ bì   yì xīng fēi
万顷湖水碧，一星飞

lù bái
鹭白。

〔注〕顷：百亩。

——唐·皮日休《秋江晓望》

bái lù xíng shí sàn fēi qù   yòu
白鹭行时散飞去，又

rú xuě diǎn qīng shān yún
如雪点青山云。

——唐·李白《泾溪东亭寄郑少府谔》

2

翠　鸟

yán	sè	xiān	yàn
颜	色	鲜	艳
yǎn	jing	ruì	lì
眼	睛	锐	利
tòu	liàng	líng	huó
透	亮	灵	活
míng	shēng	qīng	cuì
鸣	声	清	脆

好句

cuì niǎo de yán sè fēi cháng xiān
翠鸟的颜色非常鲜
yàn tóu shàng de yǔ máo xiàng gǎn lǎn
艳。头上的羽毛像橄榄
sè de tóu jīn xiù mǎn le cuì lǜ sè de
色的头巾，绣满了翠绿色的
huā wén bèi shàng de yǔ máo xiàng qiǎn
花纹。背上的羽毛像浅
lǜ sè de wài yī fù bù de yǔ máo
绿色的外衣。腹部的羽毛
xiàng chì hè sè de chèn shān tā xiǎo
像赤褐色的衬衫。它小
qiǎo líng lóng yī shuāng tòu liàng líng huó
巧玲珑，一双透亮灵活
de yǎn jīng xià miàn zhǎng zhe yì zhāng
的眼睛下面，长着一张
yòu jiān yòu cháng de zuǐ
又尖又长的嘴。

小　练　习

读句子填空：

翠鸟像箭一样飞过去，叼起小鱼，贴着水面往远处飞走了。

句子把翠鸟飞行的速度比作(　　　　　　)。

大雁

hòu	niǎo		
候	鸟		
yì	pái	pái	
一	排	排	
yàn	nán	fēi	
雁	南	飞	
chéng	qún	jié	duì
成	群	结	队

好句

小练习

造句：

例：秋天到了，一群大雁往南飞了，一会儿排成个一字，一会儿排成个人字。

一会儿……一会儿……

_____

_____。

hóng yàn yú fēi　āi míng áo
鸿 雁 于 飞，哀 鸣 嗷

áo
嗷。

〔注〕嗷嗷：哀叫的声音。

——《诗经·小雅·鸿雁》

dòng tíng yí yè wú qióng yàn
洞 庭 一 夜 无 穷 雁，

bù dài tiān míng jìn běi fēi
不 待 天 明 尽 北 飞。

——唐·李益《春夜闻笛》

4

芙蓉鸟（金丝雀）

huáng	dèng	dèng	
黄	澄	澄	
jīn	càn	càn	
金	灿	灿	
qīng	cuì	yuè	ěr
清	脆	悦	耳
rě	rén	xǐ	ài
惹	人	喜	爱

好句

tài yang chū lái le　zhào zài fú
太阳出来了，照在芙
róng niǎo huáng dēng dēng de yǔ máo
蓉鸟黄澄澄的羽毛
shang　yú shì quán shēn biàn de jīn
上，于是全身变得金
càn càn de　jiǎn zhí xiàng shén huà li
灿灿的，简直像神话里
de jīn chì niǎo yí yàng
的金翅鸟一样。

小 练 习

选词填空：

抖动　　摆动

1. 芙蓉鸟（　　）着羽毛
唱起动听的歌。

2. 芙蓉鸟唱歌时，尾巴不
由自主地（　　）起来。

5

鸽子

好词

xiān xì	
纤细	
wēn shùn	
温顺	
shén qì	
神气	
zī tài qīng yíng	
姿态轻盈	

好句

小练习

填空：

小鸽子那双纤细的脚走起路来，好像一位舞蹈家踏着舞步。

句子把小鸽子比作（　　　　）。

zhè zhī xiǎo gē zi huī sè de yǔ
这只小鸽子灰色的羽
máo zhōng jiā zá zhe diǎn diǎn bái
毛中夹杂着点点白
bān xiàng wú shù xīng xing zài bù tíng
斑，像无数星星在不停
de shǎn shuò xiǎo xiǎo de nǎo dài
地闪烁，小小的脑袋
shàng qiàn zhe yí duì shén qì de xiǎo
上嵌着一对神气的小
yǎn jing kě ài jí le
眼睛，可爱极了。

6

黄鹂

kě	ài		
可	爱		
jīn	càn	càn	
金	灿	灿	
xiǎo	qiǎo	líng	huó
小	巧	灵	活
yīng	gē	yàn	wǔ
莺	歌	燕	舞

好句

liǎng gè huáng lí míng cuì liǔ
两个黄鹂鸣翠柳，
yì háng bái lù shàng qīng tiān
一行白鹭上青天。
〔注〕黄鹂：黄莺。
——唐·杜甫《绝句》

chí shàng bì tái sān sì diǎn yè
池上碧苔三四点，叶
dǐ huáng lí yì liǎng shēng
底黄鹂一两声。
——宋·晏殊《破阵子》

小 练 习

把可以搭配的词用线连起来：

金灿灿的　　　　眼睛
褐色的　　　　　羽毛
透亮的　　　　　爪子

7

海燕

fēi xiáng		
飞 翔		

yǒng gǎn		
勇 敢		

zhí chōng yún xiāo
直 冲 云 霄

hēi sè shǎn diàn
黑 色 闪 电

好句

zài máng máng de dà hǎi shang
在 茫 茫 的 大 海 上 ，
fēng jù jí zhe wū yún zài wū yún hé
风 聚 集 着 乌 云。在 乌 云 和
dà hǎi zhī jiān hǎi yàn xiàng hēi sè
大 海 之 间，海 燕 像 黑 色
de shǎn diàn gāo ào de fēi xiáng
的 闪 电 高 傲 地 飞 翔。

小 练 习

造句：

例：海燕在大海上飞翔，一会儿碰着波浪，一会儿箭一般地直冲云霄。

一会儿……一会儿……

_____

_____ 。

8

海鸥

jiǎo	jiàn			
矫	健			
xiāo	sǎ			
潇	洒			
fēi	xiáng			
飞	翔			
fù	yú	mèi	lì	
富	于	魅	力	

好句

hǎi ōu shì nà me piào liang bèi
海鸥是那么漂亮：背
bù shì shēn huī sè de fù bù yí piàn
部是深灰色的，腹部一片
yín bái tuǐ hé zuǐ yòu shì xì nèn de
银白，腿和嘴又是细嫩的
àn hóng sè de chì bǎng yóu huī bái
暗红色的，翅膀由灰白
liǎng zhǒng yán sè zǔ chéng
两种颜色组成。

小练习

写出表示"灰色"的词：

例：深灰

_____

写出表示"白色"的词：

例：银白

_____

9

画眉鸟

líng	qiǎo		
灵	巧		

yōu	měi		
优	美		

wǎn	zhuǎn	yuè	ěr
婉	转	悦	耳

tǎo	rén	xǐ	huān
讨	人	喜	欢

好句

小 练 习

把可以搭配的词语用线连起来：

抖抖　　　　尾巴
亮开　　　　羽毛
甩甩　　　　嗓子

yì zhāng jiān jiān de xiǎo zuǐ
一 张 尖 尖 的 小 嘴，
xiǎo xiǎo de yǎn kuàng li cáng zhe
小 小 的 眼 眶 里 藏 着
shuǐ líng líng de hēi yǎn zhū yǎn jing
水 灵 灵 的 黑 眼 珠。眼 睛
de zhōu wéi yǒu yì quān bái sè de méi
的 周 围 有 一 圈 白 色 的 眉
máo xiàng hòu yán shēn hǎo xiàng huà
毛 向 后 延 伸，好 像 画
chū lái shì de yīn cǐ rén men jiào
出 来 似 的，因 此，人 们 叫
tā huà méi niǎo
它 画 眉 鸟。

孔雀

cuì 翠	wěi 尾		
kāi 开	píng 屏		
zhēng 争	yàn 艳		
wǔ 五	cǎi 彩	sǎ 洒	jīn 金

好句

kǒng què zì lián jīn cuì wěi rèn
孔 雀 自 怜 金 翠 尾，认
de xíng rén jīng bù qǐ
得 行 人 惊 不 起。
yù xiān yāo zhǐ huā shēn chù
玉 纤 邀 指 花 深 处，
zhēng huí gù kǒng què shuāng shuāng
争 回 顾，孔 雀 双 双
yíng rì wǔ
迎 日 舞。

〔注〕玉纤：指女子洁白柔细的手。

——五代前蜀·李珣《南乡子》

小 练 习

学写比喻句：

孔雀的尾巴长长的，尾屏
像＿＿＿＿＿＿＿＿＿＿。

11

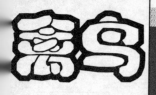

老鹰

xiōng měng	
凶	猛

pán	xuán
盘	旋

wū	hēi	fā	guāng
乌	黑	发	光

yīng	jī	cháng	kōng
鹰	击	长	空

好句

·小练习

造句：

展翅——＿＿＿＿＿＿＿

＿＿＿＿＿＿＿＿＿。

zhè zhī yīng zài qī mù shang zǒu
这只鹰在栖木上走
lái zǒu qù tū rán tā měng de gōng
来走去，突然，它猛地弓
shēn zhǎn chì cháo chuāng wài pū qù
身，展翅朝窗外扑去，
jiàn yì bān de cuàn chū chuāng kǒu
箭一般地窜出窗口，
fēi xiàng tiān kōng yí huì er jiù bù
飞向天空，一会儿就不
jiàn le
见了。

12

鸬鹚

zhuō	yú		
捉	鱼		
fēi	kuài		
飞	快		
áng	shǒu	tǐng	xiōng
昂	首	挺	胸
jiǒng	jiǒng	yǒu	shén
炯	炯	有	神

好句

mén wài lú cí qù bù lái shā
门外鸬鹚去不来，沙
tóu hū jiàn yǎn xiāng cāi zì jīn yǐ
头忽见眼相猜。自今以
hòu zhī rén yì yí rì xū lái yì
后知人意，一日须来一
bǎi huí
百回。

〔注〕鸬鹚：俗称鱼鹰。

——唐·杜甫《三绝句》

小 练 习

填写合适的词：

（ ）

（ ）— 的眼睛

（ ）

猫头鹰

好词

jǐng tì 警惕	
ruì lì 锐利	
zhuō shǔ néng shǒu 捉鼠能手	
mù guāng rú jù 目光如炬	

好句

小 练 习

照样子写句子：

猫头鹰是田鼠的天敌。

（　　　）是（　　　）。

（　　　）是（　　　）。

yè mù jiàng lín le māo tóu yīng
夜幕降临了，猫头鹰
de tàn zhào dēng   yǎn jing kāi
的"探照灯"——眼睛开
shǐ gōng zuò le   tā jǐng tì de wàng
始工作了。它警惕地望
zhe sì zhōu kàn kan xiǎo tōu
着四周，看看"小偷"——
tián shǔ lái zuò àn le méi yǒu
田鼠来作案了没有。

14

麻雀

mì	shí		
觅	食		
líng	huó		
灵	活		
huī	bù	liū	qiū
灰	不	溜	秋
jī	jī	zhā	zhā
叽	叽	喳	喳

好句

má què méi yǒu měi lì de yǔ
麻雀没有美丽的羽
máo yě méi yǒu wǎn zhuǎn de tí
毛，也没有婉转的啼
shēng dàn shì tā nà bèng bèng tiào
声，但是它那蹦蹦跳
tiào yǒng yuǎn yě bù kěn ān jìng de
跳、永远也不肯安静的
huó pō yàng hái shì tǐng ràng rén xǐ
活泼样，还是挺让人喜
ài de
爱的。

小 练 习

读句子，填空：

小鸟像刚刚醒来的孩子，兴奋地在头顶上吵闹。

句子把小鸟比作(　　　)。

企鹅

yǒu	qù		
有	趣		

féi	pàng		
肥	胖		

ǎi	dūn	dūn	
矮	墩	墩	

yáo	yáo	bǎi	bǎi
摇	摇	摆	摆

好句

小 练 习

照样子写词：

例：傻乎乎

_____

_____

_____

qiáo chí zi li zhàn zhe wǔ zhī
瞧！池子里站着五只
xiǎo qǐ é tā men pī zhe hēi yī
小企鹅。它们披着黑衣
fu tǐng zhe bái xiōng pú yuán gǔn
服，挺着白胸脯，圆滚
gǔn de shēn zi shǎ hū hū de zhàn
滚的身子，傻乎乎地站
zài nà li zhēn yǒu qù
在那里，真有趣！

乌鸦

wū 乌	hēi 黑		
bēi 悲	míng 鸣		
qī 凄	cǎn 惨		
āi 哀	yuàn 怨		

好句

yuè míng xīng xī　wū què nán
月 明 星 稀，乌 鹊 南
fēi　rào shù sān zā　hé zhī kě yī
飞，绕 树 三 匝，何 枝 可 依。
〔注〕匝：周。
——三国·曹操《短歌行》

kū téng lǎo shù hūn yā　xiǎo qiáo
枯 藤 老 树 昏 鸦，小 桥
liú shuǐ rén jiā
流 水 人 家。
——元·马致远《天净沙·秋思》

小 练 习

把下面的词语填写完整：

1. 鸦雀（　　　　）
2. 天下乌鸦（　　　　　）

笑 鸟

hóng liàng
宏亮

xī xī hā hā
嘻 嘻 哈 哈

hé bù lǒng zuǐ
合 不 拢 嘴

xiào kǒu cháng kāi
笑 口 常 开

好句

小 练 习

照样子填空：

例:(鸟)鸣
1.( )啼
2.( )嚎
3.( )叫

xiào niǎo shì yì zhǒng tǎo rén xǐ
笑 鸟 是 一 种 讨 人 喜
huān de xiào kǒu cháng kāi de niǎo
欢 的 、 笑 口 常 开 的 鸟 ，
tā shì ào dà lì yà de guó niǎo tā
它 是 澳 大 利 亚 的 国 鸟 。 它
de gè zi gēn wū yā chà bù duō tā
的 个 子 跟 乌 鸦 差 不 多 ， 它
de xiào shēng fēi cháng hóng liàng jì
的 笑 声 非 常 宏 亮 ， 既
shuǎng lǎng yòu huān kuài
爽 朗 又 欢 快 。

18

喜 鹊

měi	lì		
美	丽		
jí	xiáng		
吉	祥		
hēi	bái	xiāng	jiàn
黑	白	相	间
xǐ	qì	yáng	yáng
喜	气	洋	洋

好句

xǐ què shì jí xiáng niǎo tā nà
喜鹊是吉祥鸟，它那
hēi bái xiāng jiàn de yǔ máo zài yáng
黑白相间的羽毛，在阳
guāng de yìng zhào xià yóu guāng fā
光的映照下油光发
liàng shà shì měi lì hǎo kàn xǐ què
亮，煞是美丽好看。喜鹊
zhā zhā jiào dìng yǒu xǐ shì dào
喳喳叫，定有喜事到。

小 练 习

写出带有"喜"字的词
语：

如：喜笑颜开

_____

_____

_____

19

信鸽

xuě bái
雪白

qīng yíng
轻盈

fēi xiáng
飞翔

cōng míng
聪明

好句

小 练 习

照样子填空：

例：百灵鸟是歌唱家。

1. 啄木鸟是（　　　　）。
2. 信鸽是（　　　　）。

zhè zhī xìn gē de yǔ máo yí piàn
这只信鸽的羽毛一片
xuě bái hǎo xiàng yòng yù shí diāo kè
雪白，好像用玉石雕刻
chū lái shì de rú guǒ luò zài xuě dì
出来似的，如果落在雪地
shàng hěn nán biàn rèn chū lái
上，很难辨认出来。

20

燕 子

qīng 轻	yíng 盈		
fēi 飞	yàn 燕		
yàn 燕	wō 窝		
xiáng 翔	wǔ 舞		

好句

àn huā lín shuǐ fā   jiāng yàn rào
岸花临水发，江燕绕
qiáng fēi
墙飞。

〔注〕墙：桅杆。

——南朝梁·何逊《赠诸游旧》

chuí xià lián lóng   shuāng yàn guī
垂下帘栊，双燕归
lái xì yǔ zhōng
来细雨中。

——宋·欧阳修《采桑子》

小 练 习

读一读，背一背：

一身乌黑的羽毛，一双剪刀似的尾巴，一对劲健轻快的翅膀，凑出了那样可爱活泼的小燕子。

夜莺

好词

liáo	liàng		
嘹	亮		
jiǎo	jiàn		
矫	健		
wǎn	zhuǎn	dòng	tīng
婉	转	动	听
qīng	cuì	yuè	ěr
清	脆	悦	耳

好句

小 练 习

照样子写词：

例：越来越亮

_____

_____

_____

夜莺的歌声，比我们白天听到的什么鸟声都要好听：先是沙沙的，接着是清脆悦耳，像是珠走玉盘，慢慢地声音越来越亮，调门越来越新奇，情绪越来越热烈，韵味越来越深长，像是无限的欢畅，像是艳丽的怨慕，又像是变调的悲哀。

22

珍珠鸟

kě	ài			
可	爱			
zhēn	zhū	bān		
珍	珠	般		
xiān	hóng	de	xiǎo	zuǐ
鲜	红	的	(小	嘴)
péng	sōng	de	yǔ	máo
蓬	松	的	(羽	毛)

好句

zhēn zhū niǎo hóng zuǐ hóng jiǎo
珍珠鸟红嘴红脚，
huī lán sè de máo hòu bèi shàng zhǎng
灰蓝色的毛，后背上长
zhe zhēn zhū sì de yuán yuán de bái
着珍珠似的圆圆的白
diǎn tā de jiào shēng rú dí er bān
点，它的叫声如笛儿般
yòu xì yòu liàng
又细又亮。

小 练 习

填合适的词：

鸟儿的叫声 ——（动听）

（ ）

（ ）

啄木鸟

yī shēng
医 生

zhuō chóng
捉 虫

jiān jiān de
尖 尖 的

cháng zuǐ ba
长 嘴 巴

好句

小 练 习

把句子中的动词圈出来：

啄木鸟啄开树皮，伸出带有钩子的舌头，把害虫一个个习出来，然后吃下去。

zhuó mù niǎo pāi pāi chì bǎng fēi
啄 木 鸟 拍 拍 翅 膀 飞
dào shù shàng qīng jié de shēn chū
到 树 上 ， 轻 捷 地 伸 出
zhuǎ zi zhuā zhù shù gān rán hòu yòng
爪 子 抓 住 树 干 ， 然 后 用
tā nà jiān jiān de cháng zuǐ ba dōng
它 那 尖 尖 的 长 嘴 巴 东
qiāo qiāo xī qiāo qiāo zhēn xiàng gè
敲 敲 ，西 敲 敲 ， 真 像 个
yī shēng zài gěi shù kàn bìng ne
医 生 在 给 树 看 病 呢 !

24

丹顶鹤

hóng	dǐng		
红	顶		
bái	yǔ		
白	羽		
wǔ	zī	yōu	yǎ
舞	姿	优	雅
xiāo	sǎ	tuō	sú
潇	洒	脱	俗

好句

gāo míng cháng xiàng yuè shàn
高 鸣 常 向 月，善
wǔ bù yíng rén
舞 不 迎 人。
　　——清·秦松龄《白鹤诗》

zhù dǐng dān chéng yíng rì cǎi
注 顶 丹 成 迎 日 彩，
áng shǒu yù lì chū jī qún
昂 首 玉 立 出 鸡 群。
　　——清·朱之藩《野鹤》

小 练 习

填合适的词：

(　　)
(　　) —— 的舞姿
(　　)

鹅

好词

jié	bái	
洁	白	
cháng	bó	zi
长	脖	子
hóng zhǎng	qīng	bō
红 掌	清	波
táng zhōng	xì	shuǐ
塘 中	戏	水

好句

jǐ zhī dà bái é zài shuǐ shàng
几只大白鹅在水上
xǐ shuā zhe tā men nà jié bái de yǔ
洗刷着它们那洁白的羽
máo tā men pū chì ér dòng zuǒ gù
毛。它们扑翅而动,左顾
yòu pàn yóu xíng zài qiū shuǐ shàng
右盼,游行在秋水上。

小 练 习

背诵古诗:

咏 鹅

唐·骆宾王

鹅,鹅,鹅,
曲项向天歌。
白毛浮绿水,
红掌拨清波。

天鹅

jié bái 洁白			
qīng yíng 轻盈			
gāo ào 高傲			
chún jié 纯洁			

好句

nǐ kàn tiān é sù lì rú xuě
你看,天鹅肃立,如雪
lián zhàn kāi tiān é fēi xiáng sì xiān
莲绽开;天鹅飞翔,似仙
nǚ piāo yì tā yù líng xuě bái é
女飘逸。它玉翎雪白,鹅
guān xiān hóng
冠鲜红。

小 练 习

学写比喻句:

天鹅的羽毛像_____

_____。

天鹅像一个_____

_____。

鸳鸯

好词

qīn	ní		
亲	昵		
wǔ	yán	liù	sè
五	颜	六	色
xiǎo	qiǎo	líng	lóng
小	巧	玲	珑
xíng	yǐng	bù	lí
形	影	不	离

好句

小 练 习

读句子,在正确的后面打√:

1. 鸳鸯总是成双成对出现。( )

2. 鸳鸯的叫声很动听。( )

3. 鸳鸯的羽毛闪闪发光。( )

chí shuǐ zhàn chù cái rú xiàn biàn
池水 绽 处 才 如 线,便

yǒu yuān yang fú guò lái
有 鸳 鸯 浮 过 来。

〔注〕绽:裂开。

——宋·杨万里《郡圃残雪》

yuān yang chù zhào hū jīng sàn
鸳 鸯 触 棹 忽 惊 散,

hé huā shēn chù yòu chéng shuāng
荷 花 深 处 又 成 双。

〔注〕棹:桨。

——元·杨伋《西湖竹枝词》

鸭

好词

xī	shuǐ		
嬉	水		

biǎn	biǎn	zuǐ	
扁	扁	(嘴)	

máo	róng	róng	
毛	茸	茸	

yì	yáo	yì	bǎi
一	摇	一	摆

好句

zhú wài táo huā sān liǎng zhī chūn
竹 外 桃 花 三 两 枝，春

jiāng shuǐ nuǎn yā xiān zhī
江 水 暖 鸭 先 知。

——宋·苏轼《惠崇春江晚景》

huí shēn xiǎo què shēn yán lǐ yě
回 身 小 却 深 檐 里，野

yā shuāng fú yù jìn lán
鸭 双 浮 欲 近 栏。

〔注〕小却：微藏。

——宋·杨万里《净远亭午望》

小 练 习

读句子，完成练习：

鸭子跟着鸭妈妈一个接一个地跳下水，水淹没（méi mò）了它们的头，但是，它们马上冒出来了，游得非常漂亮。它们的小腿很灵活地划动着。

1. 划去括号内不正确的读音。

2. 在句子中找出下列词语的近义词：

好看——（　　　　）

立刻——（　　　　）

鸡

dǒu	dòng	yǔ	máo
抖	动	羽	毛
xióng	jī	bào	xiǎo
雄	鸡	报	晓
huān	bèng	luàn	tiào
欢	蹦	乱	跳
rě	rén	xǐ	ài
惹	人	喜	爱

好句

小 练 习

把儿歌补充完整：

美丽　金黄　外衣　油亮

公鸡公鸡真（　　　），
大红冠子花（　　　），
（　　　）脖子（　　　）腿。

fēng yǔ rú huì jī míng bù yǐ
风雨如晦，鸡鸣不已。

〔注〕晦：昏暗。已：止。

——《诗经·郑风·风雨》

píng shēng bù gǎn qīng yán yǔ
平生不敢轻言语，
yí jiào qiān mén wàn hù kāi
一叫千门万户开。

——明·唐寅《画鸡》

狗

kān mén
看 门

zhōng chéng
忠 诚

yáo tóu bǎi wěi
摇 头 摆 尾

gǒu jí tiào qiáng
狗 急 跳 墙

好句

quǎn fèi shuǐ shēng zhōng táo huā
犬 吠 水 声 中 , 桃 花
dài yǔ nóng
带 雨 浓 。

〔注〕水声：泉水声。

——唐·李白《访戴天山道士不遇》

jiù quǎn xǐ wǒ guī dī huái rù
旧 犬 喜 我 归 , 低 徊 入
wǒ jū
我 裾 。

〔注〕裾：衣服的大襟,引申为衣服的前后
部分。

——唐·杜甫《草堂》

小 练 习

填写合适的量词：

条　头　只　匹

1. 一（　　）马
2. 一（　　）狗
3. 一（　　）羊
4. 一（　　）牛

31

兽畜

猫

好词

ròu	diàn
肉	垫

róu	ruǎn
柔	软

líng	qiǎo
灵	巧

zhuō	shǔ	néng	shǒu
捉	鼠	能	手

好句

小 练 习

写出下列带点词的反义词：

小猫四肢灵活，行动敏捷，脚下的爪子非常坚硬。

灵活——（　　　）

敏捷——（　　　）

坚硬——（　　　）

xiǎo huā māo yuán yuán de liǎn
小花猫，圆圆的脸，
qiàn zhe yí duì jīng líng de dà yǎn
嵌着一对精灵的大眼
jing xuě bái de hú xū pái zài xiǎo zuǐ
睛；雪白的胡须，排在小嘴
liǎng biān shēn shàng de máo bái huī
两边，身上的毛白、灰、
huáng sān sè xiāng jiān jiù xiàng pī
黄三色相间，就像披
zhe yí jiàn měi lì de huā yī shang
着一件美丽的花衣裳。

牛

qín láo
勤劳

jiàn zhuàng
健壮

wēn shùn
温顺

jué jiàng
倔强

好句

cǎo wò xī yáng niú dú jiàn jú
草卧夕阳牛犊健，菊

liú qiū sè xiè áo féi
留秋色蟹螯肥。

——宋·方岳《次韵田园居》

niú tí chì chù niú wěi yáo bèi
牛蹄彳亍牛尾摇，背

shàng xián xián lì chūn niǎo
上闲闲立春鸟。

〔注〕彳亍：慢慢走，走走停停。

——清·王恕《牧牛词》

小 练 习

写出带有"牛"的词语：

例：牛脾气

—————— ——————

—————— ——————

33

兔

hóng	yǎn	jing	
红	眼	睛	
sān	bàn	zuǐ	
三	瓣	嘴	
bèng	bèng	tiào	tiào
蹦	蹦	跳	跳
xíng	dòng	mǐn	jié
行	动	敏	捷

好句

小 练 习

照样子写词语：

例：蹦蹦跳跳

_____

_____

_____

zhè zhī xiǎo bái tù shí fēn rě rén
这只小白兔十分惹人
xǐ ài hóng hóng de yǎn jing xiàng yào
喜爱，红红的眼睛像耀
yǎn de hóng bǎo shí bái sè de máo ér
眼的红宝石，白色的毛儿
yòu róu ruǎn yòu qīng jié
又柔软又清洁。

34

猪

lǎn	yáng	yáng		
懒	洋	洋		
yòu	féi	yòu	zhuàng	
又	肥	又	壮	
féi	zhū	mǎn	juàn	
肥	猪	满	圈	
tān	chī	hào	shuì	
贪	吃	好	睡	

好句

yì qún bái róng máo hóng pí fu
一群白茸毛、红皮肤
de xiǎo zǎi er zhèng wéi zhe lǎo mǔ
的小崽儿，正围着老母
zhū sā jiāo zhī zhī de jiào huàn chǎo
猪撒娇，吱吱地叫唤，吵
de rén xīn fán
得人心烦。

小 练 习

读一读，照样子写词：
两头大肥猪浑身的毛齐
整整、黑黝黝的。

例：齐整整

1. ＿＿＿＿＿

2. ＿＿＿＿＿

3. ＿＿＿＿＿

羊

wēn shùn
温 顺

juǎn qū
卷 曲

máo róng róng
毛 茸 茸

yáng cháng xiǎo dào
羊 肠 小 道

好句

小 练 习

选合适的词填空：

细长的　长长的　挺直的

小羊羔确实喜人，虎头虎脑，（　　　　　）身段，（　　　　　）小腿，（　　　　）草毛打着卷，一看就知道是新品种。

ěr yáng lái sī qí jiǎo jí jí
尔 羊 来 思，其 角 戢 戢；
ěr niú lái sī qí ěr shī shī
尔 牛 来 思，其 耳 湿 湿。

〔注〕尔：你的。思：语尾助词，无实义。戢戢：众多聚集的样子。湿湿：牛反刍时耳动的样子。

——《诗经·小雅·无羊》

豹

yǒng měng	
勇 猛	
xùn jié	
迅 捷	
jīn qián bào	
金 钱 豹	
sè cǎi bān lán	
色 彩 斑 斓	

好句

这是一只雌豹。肚子和
大腿的毛都闪耀着白色的
亮光。天鹅绒般的小斑
点，散布在它的脚的周围，
就像套着漂亮的镯子一
样。全身的毛皮黄得
像没有光泽的金子，可是
十分平滑而柔软，散布着富
有特征的斑点，形状
像玫瑰花。

小 练 习

写出下列词语的近
义词：

闪耀——（　　　　）

漂亮——（　　　　）

北极熊

bèn zhòng
笨重

xuě bái
雪白

kàng hán nài jī
抗寒耐饥

yì shēn mán lì
一身蛮力

好句

小练习

照样子写词语：

例：又肥又厚

———————————

———————————

———————————

běi jí xióng zhǎng dé yòu féi yòu
北极熊长得又肥又

pàng yí fù bèn xiàng tā pī zhe yì
胖，一副笨相。它披着一

shēn xuě bái de cháng máo nà yòu féi
身雪白的长毛，那又肥

yòu hòu de jiǎo zhǎng xia zhǎng zhe yòu
又厚的脚掌下，长着又

hòu yòu mì de róng máo yòu bǎo nuǎn
厚又密的绒毛，又保暖

yòu fáng huá tā shēng huó de yōu
又防滑。它生活得悠

xián zì zài
闲自在。

长颈鹿

bān	wén			
斑	纹			
cháng	bó	zi		
长	脖	子		
yǎn	jing	jī	líng	
眼	睛	机	灵	
tóu	xiàng	liào	wàng	tái
头	像	瞭	望	台

好句

cháng jǐng lù shì shì jiè shàng zuì
长颈鹿是世界上最
gāo de dòng wù tā yì tái tóu jiù
高的动物，它一抬头，就
néng chī dào gāo gāo de shù zhī shàng
能吃到高高的树枝上
nà yí piàn piàn xiān nèn de shù yè
那一片片鲜嫩的树叶。
dāng yí duì duì cháng jǐng lù zài xī
当一队队长颈鹿在夕
yáng xià yōu xián de sàn bù shí huì
阳下悠闲地散步时，会
liú xià yí gè gè měi lì de jiǎn yǐng
留下一个个美丽的剪影。

小 练 习

读一读，填空：

长颈鹿跑起来很有意思：前后两腿同时向一边摆动，一上一下的，简直像个钟摆，但跑得飞快。

句子把长颈鹿跑起来前后两腿摆动比作（　　　　），说明长颈鹿跑得（　　　　）。

大象

cū zhuàng gāo dà
粗壮高大

yǒu qù
有趣

cháng bí
(长鼻)

fān zhuǎn zì rú
翻转自如

好句

小练习

学写比喻句：

（提示：墙、柱子、钩子）

1. 大象的鼻子像_____

_____

2. 大象的四肢像_____

_____

3. 大象的身体像_____

_____

mán tóng chì shēn kuà xiàng bèi
蛮童赤身跨象背，

yóu xì bō tāo jué shén wàng
游戏波涛觉神王。

xū yú qiān wǎn chū shuǐ bīn
须臾牵挽出水滨，

cháng bí yì pēn fēi xuě làng
长鼻一喷飞雪浪。

〔注〕王：旺。

——清·严允肇《洗象行》

袋鼠

líng mǐn
灵 敏

huī hè sè
灰 褐色

shén cǎi yì yì
神 采 奕 奕

shǎn shǎn fā liàng
闪 闪 发 亮

好句

dài shǔ shì shì jiè shàng xī yǒu
袋 鼠 是 世 界 上 稀 有
ér yǒu qù de dòng wù tā de máo
而 有 趣 的 动 物。它 的 毛
shì huī hè sè de yàng zi shí fēn xiàng
是 灰 褐 色 的,样 子 十 分 像
lǎo shǔ tā de ěr duo shí fēn líng
老 鼠。它 的 耳 朵 十 分 灵
mǐn yǎn jing shǎn shǎn fā liàng xiǎn
敏,眼 睛 闪 闪 发 亮,显
de shén cǎi yì yì
得 神 采 奕 奕。

小练习

在下面有"育儿袋"的
动物旁边打✓:

1. 雄海马(　　)
2. 雌海马(　　)
3. 雄袋鼠(　　)
4. 雌袋鼠(　　)

41

虎

wēi	měng		
威	猛		

hū	xiào		
呼	啸		

xuè	pén	dà	kǒu
血	盆	大	口

bǎi	shòu	zhī	wáng
百	兽	之	王

好句

小 练 习

把可以搭配的词用线
连起来：

长长的　　　大口
血盆似的　　牙齿
锐利的　　　凶光
绿色的　　　胡须

hǔ xiào shēn gǔ dǐ　jī míng gāo
虎 啸 深 谷 底，鸡 鸣 高
shù diān
树 巅 。

——晋·陆机《赴洛道中作》

nù lí zhāo bó yàn chán hǔ yè
怒 狸 朝 搏 雁，馋 虎 夜
kuī luó
窥 骡 。

——宋·王安石《乌塘》

42

猴子

wán	pí		
顽	皮		
huó	pō		
活	泼		
jī	líng		
机	灵		
cōng	míng	líng	lì
聪	明	伶	俐

好句

hóu zi chuān zhe xiǎo hái de yī
猴子穿着小孩的衣
fu pá dào gāo gān de dǐng shang zài
服爬到高竿的顶上，在
shàng miàn dào shù qīng tíng nà shuāng
上面倒竖蜻蜓，那双
yuán liū liū de yǎn jing hào qí de chǒu
圆溜溜的眼睛好奇地瞅
zhe guān zhòng ràng rén zhí fā xiào
着观众，让人直发笑。

小 练 习

写出表示"看"的词
语：

例：瞧

_____ _____

_____ _____

43

狐狸

jiǎo	huá		
狡	猾		
huì	xiá		
慧	黠		
hú	yí	bú	dìng
狐	疑	不	定
hú	jiǎ	hǔ	wēi
狐	假	虎	威

好句

小 练 习

在句子中找出下列词语的近义词：

狐狸在奔跑时是那样美丽，宛如顺着急流而下的一叶扁舟……

1. 漂亮——（　　　）

2. 好像——（　　　）

hú li áng zhe tóu shù zhe sōng
狐狸昂着头，竖着松
ruǎn de wěi ba dàn bái sè de dù pí
软的尾巴，淡白色的肚皮，
sì zhī fēi kuài de hēi zhǎo hé bū tíng
四只飞快的黑爪和不停
zhuó mo de mù guāng gěi tā liú xià
琢磨的目光，给他留下
le nán wàng de yìn xiàng
了难忘的印象……

黑熊

chén zhòng
沉重

xiōng měng
凶猛

hēi hū hū
黑乎乎

bèn tóu bèn nǎo
笨头笨脑

好句

shòu le shāng de hēi xióng guài
受了伤的黑熊，怪
jiào yì shēng yáo huàng zhe nǎo dai
叫一声，摇晃着脑袋，
fēng kuáng de fǎn pū guò lai   tā de
疯狂地反扑过来。它的
qū tǐ shì nà yàng bèn zhòng tā de
躯体是那样笨重，它的
lì liàng shì nà yàng jù dà tā de lái
力量是那样巨大，它的来
shì shì nà yàng xiōng měng
势是那样凶猛。

小 练 习

把下列反义词用线连
起来：

笨重　　　温驯
凶猛　　　轻巧

45

好词

tī	tí
踢	蹄

ěr	duǒ	shù	lì
耳	朵	竖	立

qián	lú	jì	qióng
黔	驴	技	穷

shuǎi	dòng	wěi	ba
甩	动	尾	巴

好句

小 练 习

选合适的词填空:

踢　竖　歪　甩

小毛驴绕着柱子又蹦又跳,一会儿,它把缰绳绕短了,就(　　)着脑袋,(　　)着耳朵,(　　)着尾巴,后腿乱(　　)起来。

zhè pǐ lú zhǎng zhe hēi sè de
这 匹 驴 长 着 黑 色 的
máo fā zhe qīng zé de guāng gāo dà
毛,发 着 清 泽 的 光,高 大
xióng jiàn xiàng yì pǐ gāo guì de mǎ
雄 健,像 一 匹 高 贵 的 马。

马

bēn	chí		
奔	驰		
yì	mǎ	dāng	xiān
一	马	当	先
áng	shǒu	cháng	sī
昂	首	长	嘶
yīng	zī	sà	shuǎng
英	姿	飒	爽

好句

　　zhú pī shuāng ěr jùn fēng rù sì
　竹 批 双 耳 峻，风 入 四
tí qīng
蹄 轻。
　　〔注〕竹批：骏马双耳挺直，如竹削成似的。
　　　　——唐·杜甫《房兵曹胡马》

　　cǎo tóu yì diǎn jí rú fēi què
　草 头 一 点 疾 如 飞，却
shǐ cāng yīng fān xiàng hòu
使 苍 鹰 翻 向 后。
　　〔注〕翻：反而。两句写骏马跑得比鹰飞还快。
　　　　——唐·岑参《卫节度赤骠马歌》

小 练 习

把下列成语填写完
整：

1. 马不＿＿ ＿＿
2. 马到＿＿ ＿＿
3. 千＿＿万＿＿
4. 马马＿＿ ＿＿

47

狮

好词

ào	qì		
傲	气		

yǎn	rú	tóng	líng
眼	如	铜	铃

wēi	fēng	lǐn	lǐn
威	风	凛	凛

jīn	sè	cháng	máo
金	色	长	毛

好句

小 练 习

写出下列词语的反义词：

凶猛——（　　　　）

高大——（　　　　）

shī zi zhàn zài nà li wēi fēng
狮子站在那里，威风
lǐn lǐn ào rán cháo zhe zhè biān de mù
凛凛，傲然朝着这边的目
biāo tā de yǎn jing zhǐ xiàn chū gè hēi
标，它的眼睛只现出个黑
sè de cè yǐng yuán gǔ gǔ de xiàng
色的侧影，圆鼓鼓的，像
dà xī niú yí yàng
大犀牛一样。

48

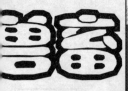

鼠

huī	sè		
灰	色		
líng	biàn		
灵	便		
táo	cuàn		
逃	窜		
shǔ	mù	cùn	guāng
鼠	目	寸	光

好句

yì zhī xiǎo lǎo shǔ qiāo qiāo de
一只 小 老鼠 悄 悄 地
cóng zhuō zi dǐ xia pǎo chū lái dēng
从 桌 子 底 下 跑 出 来，灯
yǐng xia zhào jiàn tā hěn xiǎo hěn xiǎo
影 下 照 见 它 很 小 很 小，
huī sè de nèn máo líng biàn de xiǎo
灰 色 的 嫩 毛，灵 便 的 小
shēn tǐ yì shuāng shǎn shuò de míng
身 体，一 双 闪 烁 的 明
liàng de xiǎo yǎn jing
亮 的 小 眼 睛。

小 练 习

把词语填写完整：

1. ____目寸____
2. 抱____鼠____

49

兽畜

水貂

qián	shuǐ		
潜	水		

líng	lóng		
玲	珑		

yuán	liū	liū	
圆	溜	溜	

róu	ruǎn	guāng	huá
柔	软	光	滑

好句

小 练 习

写出下列词语的反义词：

水貂全身长着乌黑的毛，摸上去很柔软，很光滑。

1. 乌黑——（　　　）
2. 柔软——（　　　）
3. 光滑——（　　　）

shuǐ diāo shì yì zhǒng fēi cháng
水貂是一种非常
xiōng měng yòu fēi cháng jī líng de
凶猛又非常机灵的
xiǎo dòng wù　nà shuāng yuán liū liū
小动物。那双圆溜溜
de xiǎo yǎn jing yì shǎn yì shǎn de
的小眼睛，一闪一闪的，
liàng de jiù xiàng yí duì jīng xīn diāo
亮得就像一对精心雕
zhuó de hēi bǎo shí　xiāng qiàn zài xiǎo
琢的黑宝石，镶嵌在小
qiǎo de miàn kǒng shang
巧的面孔上。

松鼠

jí	sù
疾	速

jī	ling
机	灵

máo	róng	róng
毛	茸	茸

xiǎo	qiǎo	líng	lóng
小	巧	玲	珑

好句

sōng shǔ shì yì zhǒng měi lì de
松鼠是一种美丽的
xiǎo dòng wù, tā líng lóng de xiǎo miàn
小动物,它玲珑的小面
kǒng shang qiàn zhe yí duì shǎn shǎn
孔上,嵌着一对闪闪
fā guāng de xiǎo yǎn jing yì shēn
发光的小眼睛。一身
huī hè sè de máo guāng huá de xiàng
灰褐色的毛,光滑得像
chá guò yóu yì tiáo máo róng róng de
搽过油。一条毛茸茸的
dà wěi ba zǒng shì xiàng shàng qiào
大尾巴,总是向上翘
zhe xiǎn de gé wài piào liang
着,显得格外漂亮。

小 练 习

学写比喻句:

　　松鼠有一条毛茸茸的尾巴,像＿＿＿＿＿＿＿＿＿。

51

猩 猩

好词

cōng	míng		
聪	明		

tū	chū		
凸	出		

yòu	hēi	yòu	cháng
又	黑	又	长

yǔ	yāo	qū	bèi
伛	腰	屈	背

好句

小 练 习

把可以搭配的词语用线连起来：

黑黑的　　　　　脸
凸出的　　　　　毛
皱皱的　　　　　嘴

hēi xīng xing de gè er bù gāo
黑猩猩的个儿不高，
hún shēn zhǎng zhe yòu hēi yòu cháng
浑身长着又黑又长
de máo hóng pì gu hóng liǎn shang
的毛，红屁股，红脸上
yǒu hěn duō zhòu wén xiàng qī bā shí
有很多皱纹，像七八十
suì de lǎo tài pó yí yàng zuǐ ba hěn
岁的老太婆一样，嘴巴很
dà hái xiàng qián tū chū
大，还向前凸出。

熊 猫

máo	róng	róng
毛	茸	茸

hān	hòu
憨	厚

rě	rén	xǐ	ài
惹	人	喜	爱

zhì	tài	kě	jū
稚	态	可	掬

好句

dà xióng māo de zhǎng xiàng dòu
大熊猫的长相逗
rén xǐ ài pàng hū hū de yuán gǔn
人喜爱,胖乎乎的,圆滚
gǔn de tā men de tóu bù hé shēn
滚的。它们的头部和身
tǐ dōu shì bái sè de zhǐ yǒu yǎn
体都是白色的,只有眼
quān ěr duo hé jiān bù shì hēi hè sè
圈、耳朵和肩部是黑褐色
de tè bié shì nà yí duì hēi hēi de
的,特别是那一对黑黑的
yǎn quān zhǎng zài bái bái de liǎn
眼圈,长在白白的脸
shang xiàng shì dài zhe yí fù mò jìng
上,像是戴着一副墨镜。

小 练 习

读一读:
大熊猫那笨拙的动作和
走起路来东张西望的神态,显
得非常可爱。

**写出下列词语的反义
词:**

1. 笨拙——（　　　）
2. 东张西望——（　　　）

53

猿

cháng bì				
长 臂				
cōng míng				
聪 明				
zhuī zhú				
追 逐				
tí jiào				
啼 叫				

好句

小 练 习

选合适的词填空：

啼 吠 嘶 啸

1. 虎（　）
2. 狗（　）
3. 猿（　）
4. 马（　）

qiū pǔ duō bái yuán chāo téng ruò
秋浦多白猿，超腾若
fēi xuě
飞雪。

qiān yǐn tiáo shàng ér yǐn nòng
牵引条上儿，饮弄
shuǐ zhōng yuè
水中月。

〔注〕超腾：指白猿追逐跳跃。条上儿：指枝条
上的小白猿。

——唐·李白《秋浦歌》

蝌蚪

好词

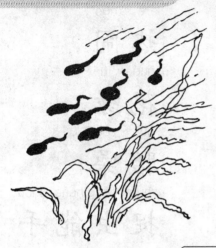

wū	hēi
乌	黑

líng	huó
灵	活

shuǎi	dòng
甩	动

yì	qún	qún
一	群	群

好句

chí táng li yǒu yì qún xiǎo kē
池 塘 里 有 一 群 小 蝌
dǒu dà nǎo dai hēi shēn zi shuǎi zhe
蚪, 大 脑 袋, 黑 身 子, 甩 着
cháng cháng de wěi ba kuài huó de
长 长 的 尾 巴, 快 活 地
yóu lái yóu qù
游 来 游 去。

小 练 习

照样子写词语:

例:游来游去

_____

_____

_____

55

水族 青蛙

rè nào
热闹

huā lù
花绿

guō zào
聒噪

zhuō chóng néng shǒu
捉虫能手

好句

小练习

选合适的词填空：

鼓　露　披

青蛙（　）着一件花绿的衣裳，（　）着雪白的肚皮，（　）着一对大眼睛，唱起歌来呱呱呱。

wā shēng jīng yǔ zhuàng yíng diǎn
蛙声经雨壮，萤点
bì fēng xī
避风稀。

——宋·陆游《露坐》

hé chù zuì tiān shī kè xìng huáng
何处最添诗客兴，黄
hūn yān yǔ luàn wā míng
昏烟雨乱蛙鸣。

——五代前蜀·无名氏《三堂东湖作》

乌龟

jiān	yìng		
坚	**硬**		
huā	wén		
花	**纹**		
jǐn	shèn		
谨	**慎**		
xiǎo	xīn	yì	yì
小	**心**	**翼**	**翼**

好句

wū guī yǒu sì tiáo duǎn duǎn de
乌 龟 有 四 条 短 短 的
tuǐ zhǎng zhe fēng lì de xiǎo zhuǎ
腿，长 着 锋 利 的 小 爪
zi bèi shang tuó zhe gè jiān yìng de
子，背 上 驮 着 个 坚 硬 的
xiǎo fáng zi pá qǐ lái màn màn
"小 房 子"，爬 起 来 慢 慢
téng téng de
腾 腾 的。

小 练 习

照样子写词：

例：慢慢腾腾

_____

_____

_____

57

水族

螃蟹

好词

huī 挥	áo 螯		
pào 泡	mò 沫		
héng 横	xíng 行		
wēi 威	fēng 风	lǐn 凛	lǐn 凛

好句

小练习

猜谜语:

八只脚,抬面鼓,
两把剪刀前面突,
生来横行又霸道,
嘴里常把泡沫吐。

谜底( )

shuāng qīng jiāng yǒu xiè yè tuō
霜 清江有蟹,叶脱
mù wú chán
木无蝉。

——宋·刘克庄《送邹景仁》

mò dào wú xīn wèi léi diàn hǎi
莫道无心畏雷电,海
lóng wáng chù yě héng xíng
龙王处也横行。

——唐·皮日休《咏螃蟹》

龙虾

huǒ	hóng			
火	红			

dà	qián	zi		
大	钳	子		

cháng	cháng	de		
长	长	的		

yòu	hēi	yòu	liàng	
又	黑	又	亮	

好句

zhè zhī kě ài de dà lóng xiā
这只可爱的大龙虾
quán shēn huǒ hóng yǎn jing yòu hēi yòu
全身火红，眼睛又黑又
liàng cháng cháng de xū zi lái huí bǎi
亮，长长的须子来回摆
dòng yí duì dà qián zi gāo gāo de
动，一对大钳子高高地
jǔ zhe shuí pèng jiù jiá shuí
举着，谁碰就夹谁。

小 练 习

填合适的词：
（　　　）须子
（　　　）眼睛
（　　　）钳子

水族

虾

wān	qū			
弯	曲			

xián	yóu			
闲	游			

wǔ	dòng	qián	zi	
舞	动	钳	子	

bèng	chū	shuǐ	miàn	
蹦	出	水	面	

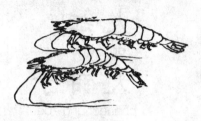

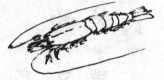

好句

小 练 习

选词填空：

一张一张 一突一突 一翘一翘

小虾生气了，它脚端的钳子（ ）的，胡须（ ）的，连眼珠子也（ ）的。

xiǎo xiā zài gāng li shí fēn zì
小虾在缸里十分自
zài tā men yǒu shí dú zì yóu lái yóu
在。它们有时独自游来游
qù yǒu shí hù xiāng zhuī zhú yǒu shí
去，有时互相追逐，有时
jǐn tiē zài gāng bì
紧贴在缸壁。

海蜇

chù	zhī	
触	肢	
hǔ	pò	sè
琥	珀	色
màn	tūn	tūn
慢	吞	吞
bàn	tòu	míng
半	透	明

好句

hǎi zhé de wài xíng xiàng yì bǎ
海蜇的外形像一把
yǔ sǎn yě xiàng yì duǒ lián gēn bá
雨伞,也像一朵连根拔
qǐ de dà mó gu tā men zài wèi lán
起的大蘑菇,它们在蔚蓝
de hǎi shuǐ zhōng màn màn de yóu guò
的海水中慢慢地游过,
rì guāng yìng zhào zhe jiù xiàng xǔ
日光映照着,就像许
duō měi lì de liú lí guà dēng
多美丽的琉璃挂灯。

小练习

填空:

海蜇像(　　　　)、像
(　　　　)、在日光下又像
(　　　　)。

金鱼

水族

huó	pō		
活	泼		
měi	lì		
美	丽		
yí	rán	zì	dé
怡	然	自	得
yóu	lái	yóu	qù
游	来	游	去

好句

jīn yú zài shuǐ zhōng zì yóu zì
金鱼在水中自由自
zài de yóu lái yóu qù　tā men de wěi
在地游来游去。它们的尾
ba měi jí le zhāng kāi shí xiàng yì
巴美极了，张开时像一
duǒ shèng kāi de xiān huā chuí luò shí
朵盛开的鲜花；垂落时
xiàng xiān nǚ shēn shang de pī shā
像仙女身上的披纱。

小 练 习

填合适的词：

（　　　　）
（　　　　）—— 的金鱼
（　　　　）

62

水族

蓝鲸

好词

jù	dà	
巨	大	

qiǎn	lán	sè
浅	蓝	色

tūn	chī	shí	wù
吞	吃	食	物

páng	rán	dà	wù
庞	然	大	物

好句

yì tóu dà lán jīng de shēn tǐ jiǎn
一头大蓝鲸的身体简
zhí jiù shì yí zuò xiǎo shān tā de zuǐ
直就是一座小山。它的嘴
ba róng de xià shí jǐ gè chéng nián rén
巴容得下十几个成年人
zài lǐ mian shuì jiào tā de jǐ bèi
在里面睡觉。它的脊背
chéng qiǎn lán sè wěi ba kuān kuò biǎn
呈浅蓝色,尾巴宽阔扁
píng sān mǐ duō cháng de jīng xū jiù
平。三米多长的鲸须,就
xiàng yì bǎ dà xíng de ruǎn sào zhǒu
像一把大型的软扫帚。

小练习

读一读,划出比喻句:

蓝鲸在水中行动非常迅速,每小时可达27千米。它换气时,会从鼻孔内喷射出高达15米左右的水柱,远远望去,宛如一股喷泉。

63

水族

热带鱼

yōu 悠	xián 闲	zì 自	dé 得
sè 色	cǎi 彩	bān 斑	lán 斓
tǐ 体	tài 态	yōu 优	měi 美
wǔ 五	yán 颜	liù 六	sè 色

好句

小 练 习

填合适的词：

一群(　　　　)的热带鱼
在水草中(　　　　)地游来
游去。

kǒng què yú sè cǎi bān lán hóng
孔雀鱼色彩斑斓，红
jiàn yú quán shēn jú hóng xióng yú
箭鱼全身橘红，雄鱼
wěi qí tuō zhe yì zhī cháng cháng de
尾鳍拖着一支长长的
jiàn xiǎo hǔ pí yú jīng yíng tòu míng
箭，小虎皮鱼晶莹透明。

鱼

yú	lín
鱼	鳞

yú	dù	bái
鱼	肚	白

sān	wǔ	chéng	qún
三	五	成	群

cuàn	lái	cuàn	qù
窜	来	窜	去

好句

rì guāng xià chè yǐng bù shí
日 光 下 澈，影 布 石
shàng yǐ rán bú dòng chù ěr yuǎn
上 ，怡 然 不 动，俶 尔 远
shì wǎng lái xī hū sì yú yóu zhě
逝，往 来 翕 忽，似 与 游 者
xiāng lè
相 乐。

〔注〕怡然：静止的样子。俶尔：突然动起来。
翕忽：轻松而疾速的样子。

——唐·柳宗元《小石潭记》

小 练 习

读一读，完成练习：

那些小鱼在水里窜来窜去，乌黑的眼珠，镶着金边的眼圈，细细的鱼鳞闪着银光，真是美极了。

填合适的词：

乌黑的〈（　　　　）
　　　　（　　　　）

细细的〈（　　　　）
　　　　（　　　　）

65

章鱼

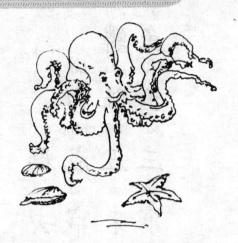

好词

ruǎn	miān	miān		
软	绵	绵		

huá	liū	liū		
滑	溜	溜		

jiǎo	huá	duō	biàn	
狡	猾	多	变	

tūn	shì			
吞	噬			

好句

小 练 习

写出下列词语的反义词：

狡猾——（　　　　）

细长——（　　　　）

zhāng yú de yàng zi yǒu xiē
章鱼的样子有些
xiàng wū zéi yuán gǔ gǔ de shēn tǐ
像乌贼，圆鼓鼓的身体
shang zhǎng zhe bā zhī xì cháng de
上长着八只细长的
wàn shǒu hún shēn ruǎn hū hū huá liū
腕手，浑身软乎乎、滑溜
liū de
溜的。

鳄 鱼

xiōng	è		
凶	恶		
lín	jiǎ		
鳞	甲		
jiān	yá	lì	chǐ
尖	牙	利	齿
xiě	pén	jù	kǒu
血	盆	巨	口

好句

xiōng è de dà è yú zhāng zhe
凶恶的大鳄鱼张着
wū hēi de cháng zuǐ ba zǐ zhe liǎng
乌黑的长嘴巴,龇着两
pái xuě bái de jiān yá zhí chòng tā pū
排雪白的尖牙,直冲他扑
guò lai
过来。

小 练 习

写出下列词语的反义词：

1. 凶恶——（　　　）
2. 雪白——（　　　）

昆虫 壁虎

huī huáng sè
灰黄色
yuán bì pá xíng
缘壁爬行
pú zhuàng xī pán
蹼状吸盘
duàn wěi zài shēng
断尾再生

好句

小 练 习

读一读,填空:

壁虎趴在墙壁上,静静地一动也不动,像贴着的一块水泥。

句子把( )比作
( )。

bì hǔ de tóu jiān jiān de yǒu
壁虎的头尖尖的,有
diǎn xiàng sān jiǎo xíng yǎn jing hěn
点 像 三 角 形,眼 睛 很
xiǎo yì tiáo yòu xì yòu cháng de wěi
小,一 条 又 细 又 长 的 尾
ba pá xíng de shí hou zuǒ yòu bǎi
巴,爬 行 的 时 候 左 右 摆
dòng fēi cháng jī ling
动,非 常 机 灵。

昆虫世界

蚕

世界

好词

rú dòng				
蠕 动				
tǔ sī				
吐 丝				
chǎn luǎn				
产 卵				
yòu bái yòu pàng				
又 白 又 胖				

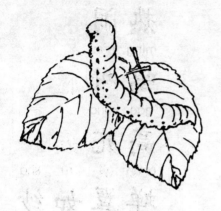

好句

cán bǎo bao zhǎng dà le zhǎng
　蚕 宝 宝 长 大 了，长
de yòu bái yòu pàng tā de zuǐ xiàng
得 又 白 又 胖，它 的 嘴 像
gè pá zi chī qǐ sāng yè lái lǎo shì
个 耙 子，吃 起 桑 叶 来 老 是
yì gǒng yì gǒng de liǎng zhī yǎn jing
一 拱 一 拱 的，两 只 眼 睛
zhǎng zài tóu de liǎng cè
长 在 头 的 两 侧。

小 练 习

　读一读，说一说句子
的意思：
　春蚕到死丝方尽，蜡炬成
灰泪始干。
　　　　唐·李商隐《无题》

69

昆虫

蝉

rè	nào		
热	闹		
míng	jiào		
鸣	叫		
gāo	kàng		
高	亢		
chán	yì	rú	shā
蝉	翼	如	纱

好句

小 练 习

读比喻句,填空:

大批的蝉一起鸣叫,汇成了气势磅礴的交响曲。

句子把( )比作( )。

luò rì wú qíng zuì yǒu qíng piān
落日无情最有情,偏
cuī wàn shù mù chán míng
催万树暮蝉鸣。
tīng lái zhǐ chǐ wú xún chù xún
听来咫尺无寻处,寻
dào páng biān què wú shēng
到旁边却无声。
——宋·杨万里《初秋行圃》

昆虫 蝈蝈

好词

shān	dòng	
扇	动	
cuì	lù	
翠	绿	
chù	xū	
触	须	
wǔ	dòng	
舞	动	

好句

zhè zhī guō guo kě hǎo kàn lā
这只蝈蝈可好看啦！
dà dà de dù zi cháng cháng de tuǐ
大大的肚子，长 长 的 腿，
yá chǐ xiàng yì bǎ qián zi liàng liàng
牙齿像一把钳子，亮 亮
de chì bǎng xiàng bō li piàn er hái
的 翅膀 像 玻璃 片儿；还
yǒu liǎng tiáo cháng hú xū yì shuǎi
有 两 条 长 胡须，一 甩
yì shuǎi de
一 甩 的。

小 练 习

把可以搭配的词语用
线连起来：

扇动　　　触须
舞动　　　树叶
飘动　　　翅膀

71

昆虫

蝴蝶

měi	lì		
美	丽		
xī	xì		
嬉	戏		
duō	zī	duō	cǎi
多	姿	多	彩
piān	piān	qǐ	wǔ
翩	翩	起	舞

好句

小练习

学写比喻句:

蝴蝶在花丛中追逐嬉戏,好似会飞的_____。

gù yuán jiá dié zuì duō qíng bǎi
故 园 峡 蝶 最 多 情,百
cǎo zhǎng shí huā luàn kāi
草 长 时 花 乱 开。
qióng xiàng chūn fēng wú bù dào
穷 巷 春 风 无 不 到,
yì shuāng shuí qiǎn guò qiáng lái
一 双 谁 遣 过 墙 来。
——宋·陆游《春日绝句》

昆虫 蚂蚁

mì	má	má	
密	麻	麻	

hēi	hū	hū	
黑	乎	乎	

qí	xīn	xié	lì
齐	心	协	力

tuán	jié	yí	zhì
团	结	一	致

好句

wú shù de mǎ yǐ zài yí kuài shí
无数的蚂蚁，在一块石
bǎn shang máng luàn de bēn pǎo zhe
板上忙乱地奔跑着，
mǎ yǐ cóng zhōng yǒu yí gè jiào dà
蚂蚁丛中有一个较大
de chóng zi zài rú dòng
的虫子在蠕动。

小 练 习

填合适的词：

（　　　）
（　　　）——的蚂蚁
（　　　）

73

昆虫

蜜蜂

qín	láo		
勤	劳		

niàng	mì		
酿	蜜		

chéng	qún	jié	duì
成	群	结	队

fēi	lái	fēi	qù
飞	来	飞	去

好句

小练习

选合适的词填空：

挥动　　转动　　扇动

小蜜蜂迅速（　　）翅膀，（　　）复眼，快乐地张合着它的小口，（　　）六只小腿。

gé àn táo huā hóng wèi bàn zhī
隔 岸 桃 花 红 未 半，枝
tóu yǐ yǒu fēng er luàn
头 已 有 蜂 儿 乱。

——宋·王安石《渔家傲》

cái bàn yóu fēng lái xiǎo yuàn yòu
才 伴 游 蜂 来 小 院，又
suí fēi xù guò dōng qiáng cháng shì
随 飞 絮 过 东 墙，长 是
wèi huā máng
为 花 忙。

——宋·欧阳修《望江南》

74

蜻 蜓

líng	qiǎo		
灵	巧		
yì	chóng		
益	虫		
qīng	tíng	diǎn	shuǐ
蜻	蜓	点	水
qīng	yíng	zì	zài
轻	盈	自	在

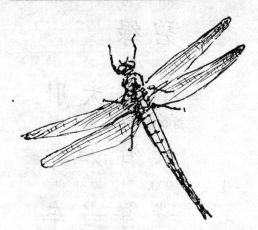

好句

xiǎo hé cái lù jiān jiān jiǎo
小 荷 才 露 尖 尖 角，早
yǒu qīng tíng lì shàng tóu
有 蜻 蜓 立 上 头。

——宋·杨万里《小池》

wú shù qīng tíng qí shàng xià yì
无 数 蜻 蜓 齐 上 下，一
shuāng qī chì duì chén fú
双 鸂 鶒 对 沉 浮。

〔注〕鸂鶒：水鸟。又称紫鸳鸯。

——唐·杜甫《卜居》

小 练 习

学写比喻句：

雨过天晴，天上有许多蜻蜓，它们伸展着翅膀，一会儿钻向天空，一会儿低低滑翔，好像一架架_____。

75

昆虫

螳螂

bì	lǜ
碧	绿

xiǎo	tóu	dà	dù
小	头	大	肚

cháng	bì	rú	fǔ
长	臂	如	斧

táng	bì	dāng	chē
螳	臂	当	车

好句

小练习

照样子写词：

例：又硬又长

_____

_____

_____

nà zhī táng láng quán shēn bì
那只螳螂，全身碧
lǜ sè liǎng zhī xiǎo yǎn jing gǔ zhe
绿色，两只小眼睛鼓着，
lǐ miàn yǒu liǎng gè hēi diǎn shì de
里面有两个黑点似的
yǎn qiú   tā de bó zi yòu yìng yòu
眼球。它的脖子又硬又
cháng dù zi zhàng gǔ gǔ de
长，肚子胀鼓鼓的。

昆虫 蟋蟀（蛩）

chù	xū		
触	须		
zī	yá	liě	zuǐ
龇	牙	咧	嘴
hào	dòu	chéng	xìng
好	斗	成	性
zhèn	chì	huān	míng
振	翅	欢	鸣

好句

wǎn fēng tíng zhú yǐ qiū shēng
晚 风 庭 竹 已 秋 声，
chū tīng kōng jiē qióng yè míng
初 听 空 阶 蛩 夜 鸣。

〔注〕蛩：蟋蟀。

——宋·张耒《闻蛩》

zǎo qióng tí fù xiē cán dēng
早 蛩 啼 复 歇，残 灯
míng yòu miè
明 又 灭。

〔注〕蛩：蟋蟀。蟋蟀，晴则鸣，雨则歇。

——唐·白居易《夜雨》

小 练 习

把可以搭配的词用线
连起来：

两条　　　薄薄的翅膀
一对　　　锐利的牙齿
两枚　　　肥壮的腿

昆虫 萤火虫

qīng	qiào	
轻	俏	
xiǎo	jīng	líng
小	精	灵
hū	míng	hū	àn
忽	明	忽	暗
yíng	huǒ	diǎn	diǎn
萤	火	点	点

好句

小 练 习

读一读,完成练习:

萤火虫在夜空中飞舞,三三两两,忽前忽后,时高时低,那么轻俏、飘忽,好像一些看不见的小精灵,提着绿幽幽的灯笼,飞来飞去。

1. 找出两对反义词
2. 划出一句比喻句

qīng sōng cháo bái niǎo shēn zhú
青 松 巢 白 鸟,深 竹
dòu liú yíng
逗 流 萤。

——宋·贺铸《临江仙》

wēi yíng bú zì zhī shí wǎn yóu
微 萤 不 自 知 时 晚,犹
bào yú guāng zhào shuǐ fēi
抱 余 光 照 水 飞。

〔注〕时晚:指深秋。

——宋·周紫芝《秋晚》

蜘 蛛

zhī wǎng
织 网

xì sī
细 丝

hēi hè sè
黑 褐 色

bú wèi jiān nán
不 畏 艰 难

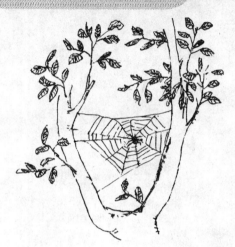

好句

qīng tái yī kōng qiáng zhī zhū
青 苔 依 空 墙，蜘 蛛

wǎng sì wū
网 四 屋。

〔注〕网：结网笼罩。

——晋·张协《杂诗》

jìng kàn yán zhū jié wǎng dī wú
静 看 檐 蛛 结 网 低，无

duān fáng ài xiǎo chóng fēi
端 妨 碍 小 虫 飞。

——宋·范成大《夏日田园杂兴》

小 练 习

填写合适的词：

柔长的　细密的　勤劳
的

1.（　　　　）蜘蛛网
2.（　　　　）细丝
3.（　　　　）蜘蛛

79